Sofia e seu mundo de escolhas

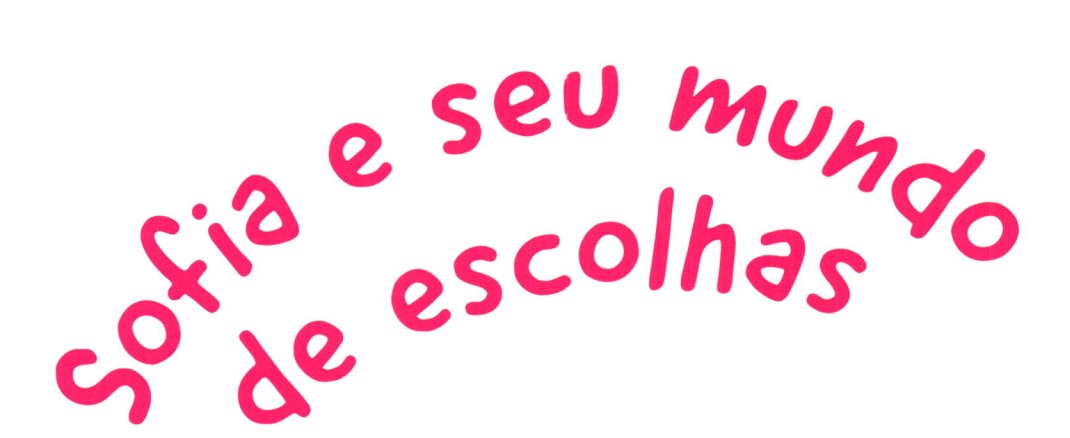

Sofia e seu mundo de escolhas

Jane Nelsen

Ilustrações de Bill Schorr

Tradução de Fernanda Lee

manole
editora

Sofia construiu uma torre muito, muito, muito alta. Ela estava tão animada para mostrá-la para sua mãe.

De repente, Noah apareceu com uma grande bola de futebol. "CRASH!", "Aaaiii", gritou Noah.

"Aaahhhhhh!", berrou Sofia. "Olha *o que você fez, Noah! Você destruiu a minha torre!*"

Sofia estava muito brava!

Noah estava em apuros.

A mãe tentou confortar Sofia.
"Eu entendo por que você está tão brava.
Você se dedicou muito para construir essa
torre maravilhosa, e ela foi destruída."

"Sim", gritou Sofia. "Eu quero dar um soco na cara do Noah!"

A mãe abraçou Sofia. "Tudo bem sentir raiva quando alguém quebra algo que é seu, mas não é legal bater. Você consegue pensar em outras coisas que poderia fazer sem machucar as outras pessoas e que ajudaria você a se acalmar?"

Sofia pensou e pensou. E pensou um pouco mais.

"Eu poderia apertar um travesseiro em vez do pescoço do Noah."

"Eu poderia assoprar toda a minha raiva num balão."

"Eu poderia dançar
livremente em vez
de chutar o Noah."

"Eu poderia desenhar a minha raiva."

As ideias estavam vindo cada vez mais rápido para a Sofia.

"Eu poderia pular corda bem alto,

ou poderia contar até 10 bem devagar."

A mãe disse: "Essas são ótimas ideias para expressar a sua raiva sem machucar os outros. Como você pode lembrar delas?"

Sofia pensou e disse: "Já sei! Eu posso desenhar as minhas ideias."

"Boa ideia", disse a mãe. "O que você acha de criar uma roda dividida em fatias? Assim você poderia desenhar uma ideia em cada pedaço."

"UHUUUL!", disse Sofia. "Gostei!"

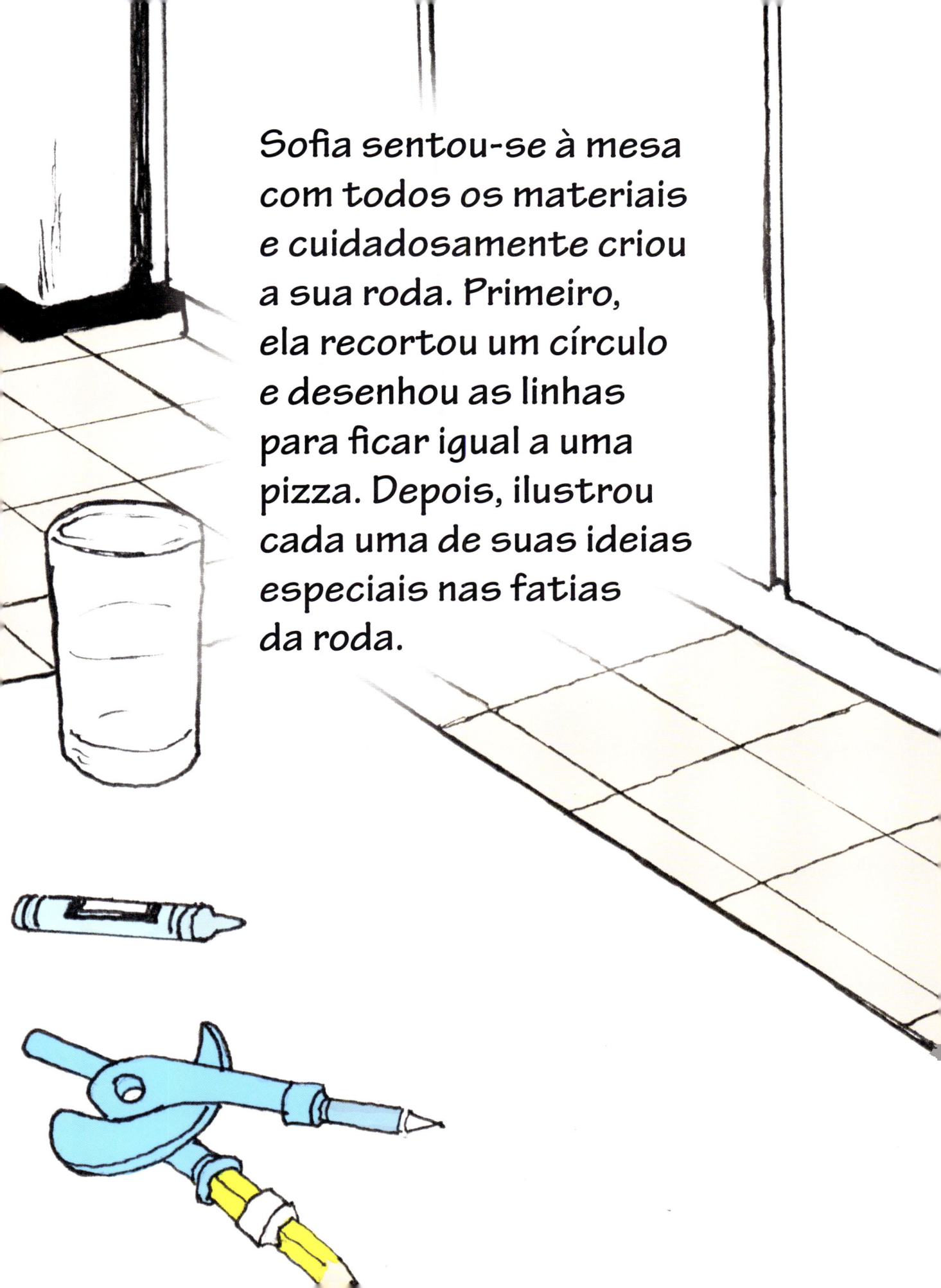

Sofia sentou-se à mesa com todos os materiais e cuidadosamente criou a sua roda. Primeiro, ela recortou um círculo e desenhou as linhas para ficar igual a uma pizza. Depois, ilustrou cada uma de suas ideias especiais nas fatias da roda.

Sofia estava tão animada: "Mamãe, venha ver o que eu fiz."

A mãe disse: "Você é muito criativa. E como você vai chamar a sua roda?"

Sofia disse com muito orgulho: "Vou chamá-la de roda de escolhas da raiva, porque eu poderei escolher o que quero fazer quando estiver muito brava."

E então, logo no dia seguinte...

Noah está em GRANDE apuro NOVAMENTE!!!

Mas daí, A TEMPO, Sofia se lembrou.

Sofia observou a sua roda de escolhas
e se perguntou: "O que devo fazer?"
E então, ela apontou para o balão.

Depois de assoprar e assoprar,
Sofia correu para encontrar sua mãe.

"Olha, mamãe! Eu usei a minha roda de escolhas
da raiva, e agora todos os meus sentimentos ruins
estão neste balão. Eu me sinto ótima!"

"Fantástico. Agora você sabe que sempre tem uma escolha do que fazer com a sua raiva. Será que você fará isso na próxima vez?"

Não demorou muito para a mãe descobrir.

Observações de Jane Nelsen

1. É importante ensinar as crianças que o que elas sentem é sempre válido. Porém, o que elas fazem nem sempre está certo. Tudo bem para a Sofia sentir raiva do Noah, mas não está tudo bem bater nele.

2. Ajudar as crianças a criar a roda de escolhas da raiva é uma das maneiras de auxiliá-las a aprender autorregulação.

3. Não faça a roda de escolhas da raiva para os seus filhos. Eles assumem mais responsabilidade quando criam a roda por eles mesmos, ou pelo menos elaboram a maior parte dela.

4. Convide o seu filho a elaborar ideias de como gerenciar a raiva dele. Se ele tiver dificuldades em pensar em algo, você pode dizer: "O que você acha de _____, cantar uma música, fazer um desenho?" (ou usar uma das ideias da Sofia).

5. Ser o exemplo é o melhor professor. Como você lida com a sua própria raiva? Talvez você queira criar a sua própria roda de escolhas da raiva.

6. Não espere perfeição. A maioria de nós ainda está aprendendo a gerenciar a raiva. Lembre-se de que erros são oportunidades para aprender.

7. Quando você cometer um erro, desculpe-se: "Sinto muito por ter perdido a paciência. Podemos pensar juntos em como resolver esse problema?"

8. Talvez você tenha lido o livro "O espaço mágico que acalma", que é uma outra maneira de ajudar as crianças a aprender autorregulação. Esperamos que você tenha criado o seu próprio espaço da calma.

9. Outra maneira da Disciplina Positiva lidar com a raiva é colocar o problema na pauta da reunião de família. O simples fato de adicionar na pauta permite tempo para se acalmar antes da reunião de família quando todos podem elaborar soluções.

10. O objetivo é ajudar as crianças a criar a roda de escolhas, mas e quanto ao Noah? O que deveria acontecer com ele quando destruir as coisas da Sofia? Um outro final para este livro poderia ter sido uma ilustração da Sofia ensinando o Noah a criar a própria roda de escolhas dele, mas a raiva não é o problema do Noah. A ilustração do Noah sendo maldoso de propósito quando ele puxa a cabeça da boneca pode fazer você dar risada, mas é menos provável que o Noah esteja sendo maldoso de

propósito. É mais provável que ele seja uma criança curiosa de 2 ou 3 anos que não entende que estava destruindo a boneca de Sofia. Mesmo assim, é importante "ensinar" comportamentos socialmente apropriados para as crianças pequenas, mesmo quando elas ainda não têm maturidade e julgamento para controlar o comportamento sem supervisão. Então, o que a mãe poderia fazer?

11. Punir não ajuda e não é útil "demandar" que o Noah se desculpe. Porém, a mãe poderia ajudá-lo a desenvolver empatia ao fazer "perguntas curiosas". Essas perguntas podem auxiliá-lo a decidir pedir desculpas por vontade própria.

12. A mãe poderia colocar Noah em seu colo e perguntar: "Como você acha que a Sofia está se sentindo com a boneca dela quebrada?" E provavelmente Noah responderia: "Eu não sei." A mãe continuaria: "Como você se sentiria se alguém quebrasse um dos seus brinquedos?" Noah poderia responder: "Eu ficaria bravo" ou "eu me sentiria triste." A mãe, então, poderia perguntar: "Como você gostaria de ajudar a Sofia a se sentir melhor?" (Fazer demandas, normalmente, convida resistência. Porém, convidar a criança para ajudar, normalmente, incita o desejo de ajudar.)

13. A mãe continuaria: "Você acha que a Sofia se sentiria melhor se você pedisse desculpas a ela?" Noah provavelmente diria: "Sim, eu vou pedir desculpas." Então, a mãe poderia dar escolhas: "Você gostaria de conversar com a Sofia sozinho ou prefere que eu vá com você?" A mãe poderia fazer o acompanhamento seguindo a escolha dele, seja indo sozinho ou acompanhado dela.

14. Fazer o acompanhamento com o Noah demonstra várias ferramentas da Disciplina Positiva. A primeira é "conexão antes da correção". Em vez de dar uma bronca, a mãe colocou Noah em seu colo.

15. A segunda foi fazer gentilmente as perguntas curiosas para ajudar Noah a desenvolver empatia e responsabilidade.

16. É importante notar que essas ferramentas da Disciplina Positiva precisarão ser usadas repetidamente para ajudar as crianças a desenvolver características e habilidades de vida que elas precisam para se saírem bem quando estiverem prontas a se aventurar no mundo por conta própria.

Sobre a autora:

Jane Nelsen é autora da série Disciplina Positiva e cofundadora do programa de treinamento que certifica milhares de facilitadores em Disciplina Positiva em mais de 79 países por meio da Positive Discipline Association. O primeiro livro, escrito em 1981, foi o produto da gratidão profunda pelas mudanças que ela foi capaz de fazer como mãe de 7 filhos depois de aprender sobre a filosofia de Alfred Adler e Rudolf Dreikurs numa aula na faculdade de desenvolvimento infantil e relacionamento familiar. Desde então, Jane tem sido autora e coautora de muitos livros, baralhos com ferramentas e manuais de treinamento. O entusiasmo continua crescendo por parte dos pais, professores, casais e líderes corporativos, os quais têm vivenciado relacionamentos mais fortes como resultado da capacitação em Disciplina Positiva.

Jane continua inspirando pessoas ao redor do mundo com seu exemplo humilde de como criar e manter relacionamentos respeitosos na vida. Atualmente, ela é avó de 22 netos e bisavó de 18, e a família está crescendo.

Sobre o ilustrador:

Bill Schorr é um cartunista cômico e político conhecido internacionalmente. Suas premiadas ilustrações têm aparecido em centenas de jornais e publicações pelo mundo todo. Ele mora no sul da Califórnia, próximo a três dos seus cinco amados netos.

Título original em inglês: Sophia's Anger Wheel of Choice

Copyright © 2020 Jane Nelsen e Bill Schorr. Todos os direitos reservados.

Publicado mediante acordo com Empowering People, Inc.

Produção editorial: Cláudia Lahr Tetzlaff

Tradução: Fernanda Lee

  Mestre em Educação, Master trainer certificada em Disciplina Positiva para pais
  e professores, membro e conselheira internacional do corpo diretivo da Positive
  Discipline Association (PDA), membro-fundadora da PDA Brasil
  www.filosofiapositiva.com.br

Ilustrações (capa e interior): Bill Schorr

Adaptação da capa: Departamento de arte da Editora Manole

CIP-BRASIL. CATALOGAÇÃO NA PUBLICAÇÃO

SINDICATO NACIONAL DOS EDITORES DE LIVROS, RJ

N348s
  Nelsen, Jane
    Sofia e seu mundo de escolhas / Jane Nelsen ; ilustração Bill Schorr ; tradução
  Fernanda Lee. - 1. ed. - Santana de Parnaíba [SP] : Manole, 2021.
    : il. ; 28 cm.
    Tradução de: Sophia's anger wheel of choice
    ISBN 9786555765069
    1. Disciplina infantil - Literatura infantojuvenil. 2. Crianças - Formação -
  Literatura infantojuvenil. 3. Literatura infantojuvenil americana. I. Schorr, Bill. II. Lee,
  Fernanda. III. Título.

  21-71644   CDD: 808.899282
                                        CDU: 82-93(73)

Meri Gleice Rodrigues de Souza - Bibliotecária - CRB-7/6439

Edição brasileira – 2021

Direitos em língua portuguesa adquiridos pela:

Editora Manole Ltda.

Alameda América, 876 – Tamboré – Santana de Parnaíba – SP – Brasil – CEP: 06543-315

Fone: (11) 4196-6000 | www.manole.com.br | https://atendimento.manole.com.br

Impresso no Brasil | *Printed in Brazil*